LETTRE

A MONSIEUR

DE BRANVILA.

LETTRE A MONSIEUR DE BRANVILLA, ECUYER, PREMIER-CHIRURGIEN DE LL. M. I. R. A. ET DE LEURS ARMÉES.

Par M. DE CAMBON, *Ecuyer, Premier-Chirurgien de feu S. A. R. la Duchesse de Lorraine & de Bar &c. &c.*

SUR TROIS OPÉRATIONS DE LA SYMPHYSE.

A MONS,
Chez H. HOYOIS, Imprimeur-Libraire.
Et se trouve A PARIS,
Chez C. J. C. DURAND, Libraire, rue du Foin S. Jacques, au Griffon.

M. D. CC. LXXX.

LETTRE.

MONSIEUR,

Ous le ſavez, les découvertes les plus utiles ſont expoſées aux plus fortes critiques, qui tirent ſouvent leur ſource de la différente façon de penſer des hommes; c'eſt à la pratique & à l'expérience à les réunir : on ne ſauroit donc en faire connoître trop tôt les ſuccès & les avantages.

Animé du zele de ſecourir mes concitoyens, & ayant connu d'abord l'utilité de l'opération de la Symphyſe, dont l'invention eſt due à M. Sigault, je conçus le projet de la pratiquer dès que l'occaſion ſe préſenteroit, ce qui arriva au troiſieme accouchement d'Eliſabeth Loutre, femme de Joſeph Loutre, garçon tailleur de pierres, rue St. Paul, à Mons. Les deux qui avoient précédé m'avoient inſtruit de la mauvaiſe conſtruction du baſſin, provenant de la noueure de ſon enfance, ce qui fut cauſe qu'elle n'eut de ſes deux premieres couches, que des enfans morts & après des réapplications de forceps & des efforts les plus conſidérables : ces conſidérations me déterminerent donc à lui faire l'opération de la Symphyſe le 28 Mars 1778, à ſon troiſieme accouchement en préſence de Mrs. Eloy, Gui & Herin, Médecins & Chirurgiens.

En conſéquence j'avois écrit à Mr. Grandclas, [Médecin que la Faculté de Paris avoit nommé pour lui faire le rapport de tout ce qui s'étoit passé à l'opération de Mr. Sigault à la Souchot] pour savoir de lui l'état de cette femme ; il me fit l'honneur de me répondre : » j'ai vu aujourd'hui la femme » Souchot, marchant dans la rue, » avec un bâton comme ci-devant « ce qui fortifia beaucoup ma résolution. Cependant elle fut un peu ébranlée par une critique de Mr. Pue, que je trouvai dans un envoi que Frere Côme, cet Ami zélé de l'humanité, me fit, dans le même tems, de tout ce qui avoit paru pour & contre cette nouvelle découverte.

La facilité que j'ai aussi à me servir du forceps, pour terminer heureusement les accouchemens laborieux & difficiles, lorsque la tête se présente, me faisoit espérer de tirer le même avantage de cet instrument pour celui-ci, ce qui m'engagea à y avoir d'abord recours, quoique tout fût prêt pour l'opération ; je plaçai mon forceps avec aisance, & je saisis avec assez de facilité la tête de l'enfant ; mais elle resta fixe au détroit supérieur comme aux deux accouchemens précédens, & l'inſtrument quitta la tête de l'enfant.

En portant le doigt dans le vagin pour reconnoître ſi cette tête n'étoit pas ébranlée ou deſcendue, je la trouvai dans la même ſituation, & le cordon malheureuſement gliſſé entre elle & le baſſin, ce qui me détermina à faire de ſuite une ſeconde tentative de forceps, qui fut auſſi infructueuſe que la premiere & une troiſieme qui n'eut pas plus de ſuccès.

Mon intention n'étoit d'abord que d'en faire une ſeule : mais le toucher m'ayant appris que le cordon s'étoit gliſſé entre la tête & le baſſin, il n'y avoit pas un inſtant à perdre pour ſauver la vie à l'enfant ; de plus, la femme étoit ſituée, les aides auſſi ; j'avois mon forceps en main, je me déterminai à la ſeconde & troiſieme de ſuite.

Vous ne ſerez point ſurpris, Monſieur, de ces trois tentatives de forceps, quand vous réfléchirez au danger que couroit l'enfant, par la préſence du cordon, & que l'on termine des accouchemens d'enfans vivans, après deux ou trois réapplications de forceps; ce qui m'eſt arrivé nombre de fois dans cette ville, où je finis bien des accouchemens laborieux par la manœuvre de cet inſtrument divin, mais ſans la complication du cordon.

Ayant donc reconnu que cette tête reſtoit immobile malgré ces tentatives, je pris le parti de pratiquer ſur le champ l'opération, ſeule reſſource qui me reſtoit, pour tâcher de ſauver la vie à l'enfant, que j'avois eu la précaution de baptiſer par le ſecours d'une ſeringue, avant d'avoir employé le forceps pour la deuxieme fois.

Je pinçai la peau & la graiſſe, par le ſecours d'un aide, & je fis une inciſion de trois pouces de long, que je terminai à un travers de doigt de la commiſſure des grandes levres, en diviſant la peau & la graiſſe; je perçai enſuite les aponévroſes des muſcles du bas ventre, au deſſus des os pubis, juſqu'au tiſſu cellulaire du péritoine, & j'introduiſis, à la faveur de cette ouverture, le biſtouri dont *Le Frere*

Côme se sert pour le haut appareil de sa taille, & que l'on trouve gravé à la deuxieme planche, figure deux, de sa nouvelle méthode d'extraire les pierres de la vessie pardessus les os pubis, sans le secours d'aucun fluide forcé ni retenu dans la vessie.

J'introduisis, dis-je, ce bistouri lenticulaire, le dos regardant les os pubis, & le tranchant l'ombilic, en faisant glisser la lentille sur le péritoine; je fendis, en dirigeant l'instrument vers l'ombilic, environ un pouce des muscles pyramidaux & de la ligne blanche; en retournant de suite le tranchant de cet instrument du côté des os pubis, je portai la lentille à la partie supérieure de l'arcade sur le col de la vessie, & j'incisai la symphyse de dedans en dehors, & de bas en haut, ayant grande attention de chercher & d'appuyer sur les cartilages qui unissent les deux os ensemble; car sans cela on pourroit croire qu'ils sont ossifiés, si le tranchant portoit sur les os, & on manqueroit cette opération; quoiqu'il n'est guere possible de trouver ces os ossifiés tant qu'une femme est d'âge à avoir des enfans. Dès que la ſymphyſe fut diviſée, les os pubis donnerent un écartement d'environ deux pouces, & à l'inſtant je portai derechef le doigt dans le vagin, pour reconnoître ce que devenoit cette tête inébranlable : je m'apperçus qu'elle chaſſoit mon doigt, & que l'accouchement ſe terminoit. Je l'annonçai aux aſſiſtans ; & un inſtant après nous vîmes paroître la tête & un enfant que tous les ſecours poſſibles ne purent rappeller à la vie : ce qui me laiſſa des regrets de n'avoir pas d'abord commencé par la ſymphyſe, comme je l'avois projetté.

Cette femme n'eut pas le moindre accident de ſon opération, ni des ſuites de ſa couche : le premier panſement fut fait à ſec & à plat, couvert d'une emplâtre de diapalme. Les compreſſes & le bandage du corps pour ſoutenir les iliums & les os pubis rapprochés, afin d'en faciliter la réunion : les autres panſemens, auſſi à plat, avec un plumaceau couvert de digeſtif, que je ſupprimai d'abord que la ſuppuration fut bien établie, pour ne plus panſer qu'à ſec juſqu'à la parfaite cicatriſation. La malade urina à volonté quatre heures après ſon opération, ce qu'elle continua de faire naturellement, ainſi que ſes autres fonctions, juſqu'à ſon entiere guériſon, qui arriva le premier Mai, & elle marcha dès lors, ainſi qu'elle fait aujourd'hui, comme ſi on ne lui eût jamais fait aucune opération.

Meſſeigneurs des Etats du Hainaut & Meſſieurs les Magiſtrats de la ville de Mons, toujours animés du progrès des ſciences, des arts & de la population, ont accordé à cette femme 250 livres pour la récompenſer de s'être ſoumiſe à cette nouvelle opération; étant pour lors la ſeconde en Europe ſur qui on l'eût pratiquée.

SECONDE OBSERVATION.

LE 25 Septembre 1779 la femme Marchant, épicier rue d'Havré à Mons, âgée de 37 ans, étant à terme de son premier enfant, ressentit les douleurs pour accoucher à onze heures du matin: je fus alors demandé pour aller à son secours. Je savois qu'elle étoit délicate, très-contrefaite & de petite structure, n'ayant que trois pieds & quatre pouces de haut, ce qui m'engagea à la prier de ne point faire valoir ses maux; voulant obtenir de la nature presque seule la dilatation de la matrice, plutôt que de ses efforts qui auroient pu nuire à son petit tempérament: ils auroient sans doute dilaté un peu plutôt le col de la matrice, mais ils eussent pu faire percer les eaux prématurément, ce qui eût mis l'enfant à la gêne & en danger de perdre la vie, avant qu'il ne fût tems de faire l'opération de la ſymphyſe, que je prévoyois dès lors être inévitable. Je lui recommandai donc beaucoup de ne point faire valoir ſes maux; j'en fis ſentir la conſéquence à ſon mari, qui a été autrefois Chirurgien du Régiment de St. Ignon dragon, où il s'étoit diſtingué par ſon mérite. Je viſitai la malade le ſoir & lui conſeillai la même choſe; je la touchai pour la ſeconde fois, & je trouvai la matrice qui commençoit à ſe dilater & à s'amincir: je me rendis le 26 au matin près d'elle; elle avoit paſſé la nuit dans les mêmes maux, & je remarquai que les eaux ſe formoient & que la matrice ne tarderoit pas à être ſuffiſamment dilatée: je la ſituai pour chercher à paſſer ma main dans le vagin, afin de mieux reconnoître le vice de conformation du baſſin; mais les os pubis & iſchions refuſerent le paſſage à ma main, quoique petite, ce qui me confirma la néceſſité abſolue de faire l'opération de la ſymphyſe.

Je fis prier en conſéquence Mrs. Capiaumont, Démonſtrateur des accouchemens, & Herin, Maître en Chirurgie de la ville, de vouloir bien y assister: je priai le premier de percer les eaux & de reconnoître en même tems la mauvaise conformation des os du bassin. Cela étant fait & la femme bien située, je procédai à l'opération, non en pinçant la peau comme en l'observation précédente, parce que le ventre étoit trop en besace: * je fus donc obligé de pointer mon bistouri, droit en divisant la peau & la graisse, jusqu'à un travers de doigt de distance de la commissure des grandes levres; je perçai ensuite avec le même bistouri les aponévroses & les muscles pyramidaux au dessus des os pubis, & je finis l'opération, comme la précédente, avec le bistouri lenticulaire. Les os pubis étant divisés, il en résulta d'abord un écartement de deux bons pouces, dont M. Capiaumont fut aussi convaincu que moi après avoir porté le doigt dans la division. Il avoit reconnu avant l'opération, en perçant les eaux, que la tête de l'enfant étoit au détroit supé-

* On appelle ventre en besace lorsqu'il descend sur les cuisses.

rieur : mais dès que j'eus divisé les os, elle descendit aussitôt dans le petit bassin, en présentant la face latéralement, ce qui empêcha qu'elle ne franchît le détroit inférieur, comme elle venoit de faire le supérieur. M'étant apperçu de cet obstacle, je pris le forceps & terminai dans un instant, avec cet instrument, l'accouchement, qui donna naissance à une fille pleine de vie, qui se porte bien ainsi que sa mere aujourd'hui, 4 mois après l'opération.

Je pansai d'abord la plaie avec un plumaceau de charpie, sec & à plat, & j'employai le bandage du corps pour soutenir les os pubis les uns contre les autres. Les pansemens suivans furent faits avec un plumaceau couvert de digestif, que je supprimai dès que la suppuration fut bien établie, & toujours à plat. Cette plaie a été tout-à-fait cicatrisée le 20 Octobre suivant.

Le lendemain de l'opération la malade commença à uriner volontairement à quatre heures du matin, ce qu'elle a continué de faire ensuite.

Le 28 elle fut à la selle & elle rendit

dit un ver; le 29 les lochies couloient peu, le ventre étoit gonflé & la fievre se manifesta; ce qui m'engagea à lui donner la potion suivante, qui m'a toujours bien réussi dans tous les cas de suppressions des lochies, gonflemens & sensibilités de ventre, dont je ne saurois trop exalter les bons & prompts effets.

Camphre, deux gros.
Eau de pourpier, quatre onces.
Syrop de violettes, une once & demie.
Mêlez selon l'art.

J'en fis prendre une cuillerée à bouche à la malade toutes les heures & je n'eus besoin que de réitérer trois fois cette potion pour rétablir le cours des lochies connue à nombre d'autres femmes auxquelles je l'ai ordonnée avec le même succès & sans avoir employé d'autres remedes que quelques prises d'un gros d'arcanum duplicatum à la dose d'une dragme deux ou trois fois le jour pour procurer la liberté du ventre.

Cette malade a été parfaitement guérie & en état de marcher le 25 d'Octobre, 30me. jour après l'opération.

TROISIEME OBSERVATION.

LE 15 Janvier 1780 on me pria à huit heures du soir d'aller au secours d'Elisabeth Loutre qui fait le sujet de la premiere observation. Etant à terme de sa quatrieme grossesse, dans la matinée du 15, elle avoit ressenti les premieres douleurs pour accoucher. Je me rendis donc auprès d'elle & reconnus que cela annonçoit un accouchement prochain. Je touchai la malade, je trouvai que les eaux se formoient, que le col de la matrice se dilatoit & s'amincissoit & que la tête de l'enfant étoit appuyée au détroit supérieur, comme aux trois accouchemens qui avoient précédé; je fis dire à Messieurs Eloy, Guy, Herin & Capiaumont qui desiroient de se trouver à cette deuxieme opération à la même femme, qu'elle étoit dans les maux depuis la matinée.

Je priai M. Capiaumont, après lui avoir fait le détail de ce qui s'étoit passé aux trois accouchemens précédens, de reconnoître par le toucher l'état du travail, ce qu'il fit vers les neuf heures; nous restames spectateurs oisifs jusqu'à minuit, en priant la malade de ne point trop faire valoir ses maux; ce qu'elle fit exactement; & au contraire pendant les douleurs qui avoient précédé la premiere symphyse, à sa troisieme grossesse, elle avoit fait des efforts affreux, qui firent percer sans contredit ses eaux prématurément: elle fut à celle-ci des plus raisonnables & se laissa conduire entierement suivant mes conseils. Ayant reconnu de nouveau à minuit l'état du travail, nous conclumes, d'après les progrès lents qu'il avoit faits pendant trois heures, que les eaux ne seroient bien formées qu'au matin & par conséquent la matrice suffisamment dilatée pour pouvoir faire l'opération de la symphyse, s'il falloit y avoir recours; nous primes donc le parti de retourner chez nous, je laissai auprès de la malade mon Eleve & la Sage-Femme Mairesse sur la prudence de laquelle je pouvois compter. Quoique je n'eusse pas besoin de leur recommander d'empêcher la femme de faire valoir ses maux, j'en fis la priere en leur présence à cette malade qui savoit qu'elle s'étoit fait beaucoup de tort à l'accouchement précédent, par les efforts affreux & inutiles qu'elle avoit faits.

Je recommandai qu'on vînt me chercher s'il survenoit quelque chose de nouveau & surtout si les eaux perçoient.

Je me rendis auprès d'elle à six heures du matin le 16, je trouvai les eaux bien formées & la tête à la même place au détroit supérieur.

Je fis avertir Mrs. Capiaumont & Herin, qui se rendirent d'abord chez la malade, & nous conclumes ensemble que l'opération de la symphyse étoit le seul moyen de sauver la vie à cet enfant.

Tout étant prêt & la femme située je perçai les eaux & procédai à l'opération en pinçant l'ancienne cicatrice, à la faveur d'une des mains de Mr. Capiaumont, je fendis la peau & la graisse jusqu'aux os pubis; j'ouvris ensuite l'aponevrose des muscles du bas ventre au dessus de ces os, & à la faveur de cette ouverture je passai mon bistouri lenticulaire, je fis glisser cette lentille sur le tissu cellulaire & je di-divisai environ un pouce de l'aponevrose & muscles du bas ventre. Dès le moment je retournai mon bistouri & portai la lentille sur le col de la vessie; en appuyant mon tranchant du dedans en dehors sur le cartillage qui unit les deux os, je le trouvai plus ferme & beaucoup plus solide qu'à la premiere opération & je l'estimai de la consistence des tendons, craignant avant même de faire l'opération, tant cette femme marchoit avec aisance & facilité, que les cartilages qui unissent les deux os ne fussent ossifiés: j'étois fort attentif à mes manœuvres & à ce qui se passoit au tranchant de mon bistouri, je trouvai qu'ils avoient la consistence des tendons & nullement des os.

L'écartement se fit avec moins de vitesse qu'à la premiere opération; la tête de l'enfant descendit d'abord dans le petit bassin, ce que le doigt que je portai à l'instant dans le vagin me confirma: je priai la mere qui étoit des plus tranquilles & des plus patientes de pousser un peu, parce qu'elle accouchoit, & dans un instant elle mit au monde une grosse fille pleine de santé.

Le pansement fut fait à l'ordinaire à sec & à plat, & un bandange que je substituai à celui du corps, dont je me suis servi aux deux premieres opérations de la symphyse, qui consiste en un morceau de toile assez ferme, de 12 pouces de large, doublé & faufilé ensemble, pour lui donner plus de fermeté; sa longueur doit dépendre de la grosseur de la femme; il doit aller d'un os des îles à l'autre, en passant parderriere l'os sacrum; on attache quatre morceaux de cordon à chacune des extrêmités, pour nouer le premier à la partie supérieure & antérieure de l'une ou de l'autre cuisse; les deux cordons qui suivent, répondant à l'aîne du même côté, se nouent sur cette partie, & le dernier à la partie inférieure du bas-ventre, ce qui embrasse merveilleusement le bassin & les troquanterres, établissant une espece de bandage unissant, qui rapproche & maintient les os pubis, sans gêner en aucune façon la malade.

Elle n'éprouva d'autre accident qu'une fievre de vingt-quatre heures, le douzieme jour de ſon opération ; elle fut occaſionnée par un rhume épidémique, dont preſque toute la ville fut attaquée : elle n'eut donc à cette ſeconde opération, comme à la premiere, aucune ſuite provenant de la ſymphyſe ni de ſa couche ; la plaie fut bien cicatriſée le 12 du mois ſuivant & elle marche comme auparavant.

L'enfant eſt auſſi en parfaite ſanté, & la mere continue à le nourrir.

Voilà de nouveaux faits de pratique qui ne peuvent qu'accréditer de plus en plus l'opération de la ſymphyſe & faire voir à ceux dont je viens de donner les obſervations, la néceſſité d'y avoir recours dans tous les cas ſemblables.

Les perſonnes de l'art qui ſe donneront la peine de les lire avec attention, conviendront avec moi de l'impoſſibilité qu'il y avoit d'accoucher la femme qui fait le ſujet de la ſeconde obſervation ſans avoir recours à cette nouvelle méthode ou à l'opération céſarienne, qui ne peut entrer en aucune façon en parallele avec celle-ci tant par sa conséquence que par ses suites; la césarienne en ayant de plus considérables, & la symphyse au contraire n'étant exposée à aucune, puisque les femmes qui sont le sujet des trois observations, n'ont eu aucun accident, & que le quatrieme enfant d'Elisabeth Loutre doit la vie à cette heureuse découverte, vu que les trois premiers, malgré l'attention qu'on avoit eue pour la leur conserver, par les efforts indispensables qu'on fut obligé de faire pour surmonter les difficultés que le vice de conformation opposoit, l'ont perdue.

On ne sauroit donc trop se réunir pour donner à son inventeur les louanges qui lui sont dues, mais il faut pour cela n'avoir en vue que le bien de l'humanité qui seul doit régler toutes nos actions sans s'embarrasser si celui qui en a fait la découverte est Médecin, Chirurgien, ou simple particulier: car souvent le préjugé l'emporte sur l'utilité publique par une gloire mal entendue & encore plus mal placée.

Mon intention n'est pas de répondre aux différentes critiques de la symphyse, mais bien de la faire connoître de plus en plus en publiant ses avantages. C'est dans cette vue, Monsieur, que j'ai l'honneur de vous adresser ma lettre, sachant que personne ne peut apprécier mieux que vous l'utilité de cette découverte, & que d'après des faits certains vous pourriez la faire pratiquer dans les hôpitaux des vastes domaines de S. M. I. & Royale Apostolique, & en démontrer les avantages à tous les Accoucheurs de l'Empire d'Allemagne, [où vous occupez, Monsieur, le premier rang dans l'art de guérir, auquel votre mérite vous a élevé] soit en faisant circuler cette lettre, ou bien en la faisant traduire dans les Langues du Pays, en y ajoutant & corrigeant ce que le bien de l'humanité & vos talens supérieurs pourront vous suggérer.

J'ai l'honneur d'être &c.

ERRATA.

PAge 15, ligne 20, de deux bons pouces, il faut lire à peu près de deux pouces.

LE même Libraire débite le Dictionnaire historique de la Médecine ancienne & moderne, ou Mémoires disposés en ordre alphabétique pour servir à l'Histoire de cette science, & à celle des Médecins, des Anatomistes, Botanistes, Chirurgiens & Chymistes de toutes Nations. Par N. F. J. ELOY, &c. Médecin Pensionnaire de la Ville de Mons, 4 vol. *in*-4, avec frontispice, 1778.

Mémoire sur la marche, la nature, les causes & les traitemens de la Dyssenterie, par le même. *Sous Presse*.

www.ingramcontent.com/pod-product-compliance
Ingram Content Group UK Ltd.
Pitfield, Milton Keynes, MK11 3LW, UK
UKHW022148260726
13993UKWH00005B/2239